Le fantôme
du capitaine

Chantal de Marolles est née à Lyon en 1939. Après des études de russe aux Langues orientales, elle choisit d'écrire des contes pour enfants, qui ont été publiés chez Grasset Jeunesse, Fleurus, Bayard Éditions et dans les magazines de Bayard Presse. Grand-mère de quatre petits-enfants, elle vit actuellement dans la banlieue parisienne et consacre ses loisirs à la peinture.

Du même auteur dans Bayard Poche :
Les souliers de Chloé - L'étrange cadeau de la sorcière - Carabique, Carabosse et Carapate (Les belles histoires)
La princesse s'est encore sauvée ! - L'ourse grise - Rob Rocky, l'homme des Rocheuses (J'aime lire)

Bruno Pilorget est né en 1957 à Vannes. Après deux ans aux Beaux-Arts de Lorient, il décide de ne faire que ce qui lui plaît, c'est-à-dire dessiner. Et cela lui réussit puisqu'il a déjà illustré plus de soixante livres pour les enfants, parus aux éditions Gallimard, Cascade, Rageot, Casterman et Milan. Sa fierté ? C'est d'avoir pu conserver une qualité de vie exceptionnelle en habitant au bord du golfe du Morbihan avec sa femme, illustratrice elle-aussi, et ses enfants.

Du même illustrateur dans Bayard Poche :
L'exploit de Gara (J'aime lire)

© Bayard Éditions, 1999
Bayard Éditions est une marque
du département Livre de Bayard Presse
Tous les droits réservés. Reproduction, même partielle, interdite.
ISBN 2.227.72749.7

Le fantôme
du capitaine

**Une histoire écrite par Chantal de Marolles
illustrée par Bruno Pilorget**

BAYARD POCHE

1

La tempête se déchaîne

De temps en temps, je monte au grenier, j'ouvre la malle et je sors la veste. Je la secoue, je la brosse, puis je la range et je referme la malle. Pour moi, cette veste, c'est la preuve que tout ça est vraiment arrivé.

C'était l'année dernière. Les vacances avaient commencé par six jours de pluie, et on s'ennuyait énormément. Alors maman a fini par dire à mon grand frère Nicolas :

– Bon, prends ma voiture et emmène ta sœur. Je vous offre le cinéma.

Après le cinéma, on est repartis par la route de la corniche pour voir la mer. Nicolas disait que les vagues seraient sublimes avec ce vent. Et elles étaient sublimes : à la pointe du Corbeau, elles montaient les unes sur les autres dans tous les sens, elles explosaient sur les rochers, elles s'élevaient dans le ciel et

elles retombaient avec un grondement de tremblement de terre.

Soudain, à travers l'écume, j'ai vu un bateau de pêche qui tournait sur lui-même.

J'ai crié :

– Nicolas, le bateau va couler, il faut faire quelque chose !

À ce moment-là, l'auto s'est arrêtée.

Nicolas a essayé vingt fois de redémarrer : rien à faire ! La pluie s'abattait avec violence sur le toit et les vitres, le vent hurlait, moi, je grelottais.

– Bon, écoute, a dit Nicolas. Je vais en ville chercher un dépanneur, toi, tu restes là...

– Non, je ne resterai pas ici toute seule, j'ai bien trop peur.

Nicolas s'est énervé :

– Tu te vois faisant six kilomètres à pied avec ce temps ?

J'allais me mettre à pleurer quand j'ai vu une lumière :

– Là ! Là ! Nicolas, regarde ! Une maison !

2

L'heure du capitaine

On a couru vers la lumière pour arriver
devant une villa d'autrefois. Nicolas a tiré la
cloche. On a entendu des pas précipités, un
bruit de verrou, et la porte s'est entrouverte.

Derrière, il y avait une dame, avec une
robe noire et un châle aux couleurs passées.

Elle nous a regardés comme si on était des martiens :

— Qui êtes-vous ? Que venez-vous faire ici ?

Nicolas et moi, on s'essuyait bien les pieds pour montrer à la dame qu'on était bien élevés.

Nicolas a expliqué :

— Nous sommes en panne, Madame. Est-ce que vous me permettez de donner un petit coup de téléphone ?

— Mais il n'y a pas de téléphone, ici ! a murmuré la dame.

— Alors, a dit Nicolas, pourriez-vous garder ma petite sœur, le temps que j'aille en ville ?

—C'est tout à fait impossible ! a répondu la dame. Ce n'est pas vous que j'attendais, je n'aurais pas dû vous ouvrir. Il faut que vous partiez immédiatement.

Moi, j'ai éclaté en sanglots ; alors la dame a soupiré :

—Bon, laissez-la, mais, je vous en supplie, faites vite.

Nicolas est parti en criant « merci ! ». Je l'entendais qui courait sur la route.

La dame m'a regardée et m'a dit :

– Viens, petite, on va s'asseoir pour attendre.

Je me suis assise sur un fauteuil, et j'ai essayé de me sécher les jambes sur les franges.

– Comment t'appelles-tu ? m'a demandé la dame.

– Nathalie. Et vous, Madame ?

– Moi, c'est Marguerite.

Et, tout de suite, elle a ajouté :

– Cette pendule me rendra folle ! Que le
temps est long !

J'ai jeté un coup d'œil sur la pendule :

– Elle ne marche pas, votre pendule.

Marguerite a souri :

– Oh si, elle marche très bien ! Simplement,
elle indique l'heure juste, l'heure à laquelle
le capitaine Vert-de-Mer doit arriver.

J'ai répété :

– Le capitaine Vert-de-Mer ? Qui est-ce ?

Les yeux de Marguerite ont brillé :

– Ah ! petite, tu n'en as jamais entendu parler ? C'est un homme merveilleux ! Je l'ai aimé plus que tout au monde ; je l'aimais déjà quand j'avais ton âge. Il était si beau dans son uniforme ! Ça fait quarante ans que je l'attends. Tu entends comme le vent siffle et comme la mer éclate ? C'est qu'il va venir...

Moi, je pensais au pauvre bateau dans la

tempête, et ça me donnait la chair de poule. Marguerite s'est levée, elle a poussé vers moi un petit chevalet en disant :

– Regarde, voilà son portrait. C'est moi qui l'ai peint ; n'est-ce pas qu'il est beau ?

J'ai murmuré :

– Il est super !

– Oui, superbe, a répété Marguerite. Écoute, le voilà !

Au même moment, on a entendu des pas qui se rapprochaient, puis la cloche qui s'agitait furieusement.

Marguerite a ouvert la porte, et le capitaine Vert-de-Mer était là, ruisselant d'eau et d'algues noires.

D'un grand geste, il a enlevé sa casquette pleine de mer et il a dit d'une belle voix grave :

— Madame, bonsoir ! Pardonnez-moi de vous déranger à une heure aussi tardive, mais mon bateau vient de sombrer. Les requins n'ont pas voulu de moi, votre lumière m'a attiré ici, et je me suis permis de sonner.

3

Un dîner de fantômes

Marguerite regardait le capitaine avec un air radieux :

— Vous voilà ! Vous voilà enfin ! Vous me reconnaissez ? Je suis votre petite voisine de la rue des Marronniers, Marguerite, vous ne vous souvenez pas ? Ça ne fait rien, capitaine, entrez plutôt vous reposer au salon.

En voyant son portrait, le capitaine a sur-
sauté :

– C'est moi, ça ?

– Mais oui, bien sûr, a répondu Marguerite.

– Je ne me savais pas si laid, a dit le capitaine, un peu vexé.

Marguerite est allée à la cuisine, elle est
revenue avec une soupière fumante, et nous
avons dîné. Enfin, quand je dis dîné... La
soupe, c'était de l'eau de mer chaude, et
ensuite il y avait un pâté d'algues et de la
confiture d'étoiles de mer, infects tous les
deux. Mais le capitaine se régalait.

– Ça, disait-il, c'est de la vraie nourriture
pour les marins.

Marguerite était très contente :

– Vous savez, capitaine, vous serez si bien
ici que vous ne verrez pas le temps passer.

Le capitaine a froncé les sourcils :

– Que voulez-vous dire ? Je ne peux pas
rester. Je dois aller dès demain me pré-
senter à mes chefs et prendre un nouveau
bateau.

—Hélas! a soupiré Marguerite, il n'en est
plus question.

—Pardon? Je ne comprends pas.

Marguerite répondit en tordant les coins
de son châle d'un air embarrassé :

—Il n'y a plus de chefs, et plus de bateau.
Autant vous le dire tout de suite, vous venez
de mourir. Je regrette de dire tout ça devant
cette petite qui est là par hasard, mais il
faut regarder la vérité en face : vous êtes
mort.

Le capitaine a éclaté de rire :

— Mort, moi ? Et de quoi donc ?

— Vous êtes mort noyé. Souvenez-vous : votre bateau, la tempête et la mer glaciale où vous avez laissé votre corps.

Le capitaine s'est frappé la poitrine :

— Et ça, alors, qu'est-ce que c'est ?

— C'est l'apparence de votre corps. Vous êtes maintenant un fantôme, comme moi.

— Et ici, c'est quoi ? a demandé le capitaine. L'enfer ? Le paradis ?

–Ici, c'est le royaume des ombres, comme
on dit. Et moi, Marguerite, je suis chargée
de vous y accueillir, parce que je suis la personne qui vous a le plus aimé.

–Merci, a dit le capitaine d'un air sombre.
Et je dois faire quoi, au royaume des ombres?

–Vous devez faire tout ce que vous n'avez
pas fait d'important dans votre vie.

Le capitaine a dit d'une voix solennelle* :

– J'ai fait tout ce qui était important : j'ai vu toutes les mers, j'ai bravé les tempêtes, j'ai frôlé les icebergs.

Marguerite a soupiré :

– Oui, mais vous n'avez jamais aimé, ni moi ni personne. Je vais vous aider : nous avons juste quelques jours pour y arriver.

– Et que dois-je faire pour aimer autre chose que la mer ? a grogné le capitaine.

Marguerite a répondu :

– Surtout, il ne faut pas rester ici. Vous ne feriez que regarder la mer. Je déposerai ce

* En prenant un ton très sérieux.

soir le tableau chez un brocanteur, et il faudra aller chez la personne qui l'achètera. C'est le hasard qui décide.

Aussitôt, j'ai pensé : « Il faut que j'achète le tableau. Comme ça, je pourrai aider le capitaine à aimer Marguerite. »

Et puis Nicolas a sonné. J'ai remercié Marguerite et je suis repartie très vite.

J'ai tout raconté à Nicolas, mais il a levé les yeux au ciel :

– Toi et tes histoires ! Est-ce qu'il faut vraiment que tu en inventes tout le temps ?

4

Des bruits dans le grenier

Le lendemain, incroyable ! on parlait du naufrage dans le journal. Il y avait même une photo du capitaine. J'ai dit à Nicolas :

— Alors là, tu me crois ?

— Je reconnais que tu m'as dit ce nom-là, hier, mais je n'ai rien vu du tout, si ce n'est une dame d'un certain âge !

J'ai supplié Nicolas de m'emmener en ville et de chercher le portrait du capitaine chez les brocanteurs. On l'a vu dans la vitrine de la troisième boutique.

Le brocanteur a eu l'air surpris :

— Tiens, je ne savais pas que j'avais ça chez moi ! Mais c'est une peinture sans valeur. Allez, je vous en fais cadeau.

J'ai dit à Nicolas :

— Alors, tu ne trouves pas extraordinaire que le tableau soit là où je t'avais dit ?

Nicolas s'est mis à rire :

— Quand on est allés au cinéma hier, on est passés devant. Tu as dû le remarquer sans t'en rendre compte, et puis tu as rêvé la suite, voilà tout.

Moi, les gens qui ne me croient pas, ça me tue, je ne discute même pas.

J'ai monté le portrait au grenier. De retour dans ma chambre, j'ai guetté tous les bruits : je me doutais bien que Marguerite et le capitaine ne sonneraient pas à la porte.

Vers une heure du matin, j'ai entendu bouger au-dessus de ma tête. Je suis montée. Ils étaient là tous les deux ! Marguerite m'a embrassée en me disant qu'ils étaient bien contents d'être dans cette maison.

Elle a ajouté :

— On essaiera d'être très discrets et de ne pas déranger tes parents, comme font habituellement les fantômes.

À partir de ce moment, je n'ai pas arrêté d'être de bonne humeur. Ça me faisait battre le cœur, ce secret que j'avais. Je me disais : « Je connais deux fantômes, je suis leur amie, et je suis la seule qui puisse les voir. »

Chaque jour, avec Marguerite, on emmenait le capitaine se promener dans le jardin ou dans les champs, et on lui montrait comme les fleurs sont belles. Mais le capitaine ne s'intéressait pas vraiment aux fleurs. Alors on l'a emmené dans un bois et on lui a montré les pins, les hêtres et les châtaigniers.

– Quels beaux mâts ça ferait sur un navire ! a sifflé le capitaine.

Marguerite l'a regardé avec reproche... Et le capitaine s'est excusé :

— Je suis désolé, c'est plus fort que moi.

Quand on lui montrait un beau paysage, il sortait aussitôt de sa poche sa lunette de marine et il regardait à travers. Je lui avais dit que ce serait mieux qu'il arrête de s'en servir, mais il m'avait répondu :

— Ah ! ça non ! C'est au-dessus de mes forces. J'y tiens plus qu'à mes propres yeux.

Marguerite s'efforçait sans cesse de faire plaisir au capitaine, mais jamais encore il n'avait dit : «Je vous aime.» Jamais il n'avait fait quelque chose pour elle.

Alors, j'ai demandé à Marguerite :

– Qu'est-ce qui se passera si finalement il n'aime personne ?

– Eh bien, a répondu Marguerite, il sera condamné à rester fantôme et à errer sur les mers éternellement. Au début, il sera content, mais dans cent ou deux cents ans il en aura plus qu'assez de la mer ; pourtant, il ne pourra jamais s'en échapper.

Je frissonnais à cette pensée, et je l'ima-ginais dans mille ans sur un vieux bateau incrusté de coquillages, avec son uniforme tout raide de sel et une longue barbe blanche, comme une voile, dans le vent.

Je me suis dit : « Il faut que j'empêche ça ! Je dois trouver une idée. Je suis sûre qu'il aime Marguerite, mais qu'il ne sait pas le dire. Ou peut-être même qu'il ne sait pas qu'il l'aime, ce sont des choses qui arrivent. »

5

Le cadeau du capitaine

Un matin, j'ai eu une idée. Je me suis jetée sur le calendrier pour voir si la fête de Marguerite arrivait bientôt ; mais non. Je me suis dit que ça valait tout de même le coup de mentir. Pendant que Marguerite ramassait des pétales de rose pour sa salade, j'ai parlé au capitaine.

– Vous savez quoi, capitaine? Demain, c'est l'anniversaire de Marguerite!

Il s'est levé d'un bond:

– Mais il faut lui faire un cadeau!

Il a tâté ses poches d'un air consterné:

– J'ai dû laisser mon portefeuille au fond de l'océan. Pourtant j'aimerais acheter quelque chose, parce que Marguerite... tu vois... c'est, comment dire... enfin quoi, elle mérite un cadeau, un vrai beau cadeau!

J'ai fait semblant d'avoir une inspiration :

— Et votre lunette ? Elle est si belle, donnez-la-lui.

— Ma... ma lunette ? a bégayé le capitaine.

Il l'a sortie de sa poche, il l'a regardée, et puis il l'a frottée avec sa manche pour qu'elle brille. Il me l'a tendue d'un geste brusque :

— Tiens, la voilà. Trouve un bout de papier pour l'envelopper !

J'étais ravie : ça, c'était une preuve d'amour, non ?

— Je vais faire un bon gâteau avec des bougies dessus. Au fait, combien de bougies, capitaine ?

— Oh là là ! Je ne sais pas. Une trentaine ?

À mon avis, il en aurait bien fallu cinquante ; mais bon, on n'allait pas chipoter.

Quand Nicolas m'a vue en train de faire un gâteau, il m'a planté un baiser sur la joue :

– C'est gentil, ça ! C'est pour moi ?

– Mais non, c'est pour l'anniversaire de Marguerite.

Nicolas s'est étranglé de rire :

– Tu sais que tu n'es pas bête, toi ? Alors on fait la dînette avec ses fantômes, et hop ! on se mange un gros gâteau à soi toute seule ?

—Bon, je t'en laisserai une part! Mais tu me regonfles les pneus des vieux vélos qui sont dans le garage. Je voudrais leur montrer le petit moulin, et à pied ça fait trop loin.

—Mon Dieu, a gémi Nicolas, des fantômes à vélo! Ils vont se prendre les draps dans les rayons. Remarque, s'ils déraillent, ils auront leurs chaînes de rechange, ha, ha!

6

Marguerite a gagné

J'ai mis les vélos près de l'endroit que j'avais repéré pour la fête : un petit chemin entre deux champs où ils pourraient pédaler sans rencontrer personne. Marguerite et le capitaine étaient invisibles, et des vélos qui roulent tout seuls, ça aurait pu faire peur aux gens.

On est donc partis pique-niquer tous les trois. C'était un jour plein de joie, avec du vent doux et des oiseaux qui sifflent.

Quand Marguerite a ouvert son paquet, elle a eu les larmes aux yeux et elle répétait :

— Non, c'est trop gentil ! Vraiment, trop gentil !

Elle était très contente aussi des quarante-cinq bougies.

—Et maintenant, ai-je crié, on va aller au petit moulin à vélo.

—Oh, s'est exclamée Marguerite, mais je ne sais plus faire du vélo! Il y a si longtemps...

—Je vais vous aider, n'ayez pas peur, a dit le capitaine en ôtant sa veste. Ça va revenir très vite.

Il l'a aidée à monter sur la selle. Elle poussait des petits cris de joie et de peur, et le vélo chavirait un peu. Le capitaine courait derrière en poussant sur le porte-bagages, et je l'entendais rire sur le petit chemin.

Un moment, j'ai vu le châle de Marguerite et la casquette bleue du capitaine. Puis ils ont disparu dans le grand soleil. J'ai crié :

– Hé, attendez-moi !

Personne ne m'a répondu. Un peu plus loin, contre un arbre, il y avait le vélo de Marguerite. Alors j'ai compris qu'elle avait gagné et que le fantôme du capitaine Vert-de-Mer ne traînerait pas éternellement sur la mer. J'étais contente pour eux, mais triste pour moi, car je les aimais beaucoup.

J'ai ramassé la veste du capitaine et je l'ai rangée dans une malle au grenier. Mais, c'est drôle, quand je la sors, au bout d'un moment j'ai l'impression qu'ils sont là tous les deux et qu'ils me parlent.

Marguerite me dit :

—Allons, ne reste pas là, enfermée, par ce beau temps ! Va un peu dehors !

Et le capitaine me chuchote :

—Petite, va donc regarder la mer de ma part, s'il te plaît !

Dans la série *J'aime lire* de Bayard Poche, il y a plein de livres que tu vas adorer !

Des livres d'humour
L'oncle Giorgio (JL 10)

L'oncle Giorgio est allergique aux enfants.
Catastrophe, il est obligé de recevoir
son neveu et sa nièce !

Écrit par Marie-Aude Murail et illustré par Yves Besnier.

Des livres fantastiques
La bibliothèque ensorcelée (JL 35)
Ce vendredi 13, Aurore Coquille, la bibliothécaire,
ne se doute pas que le livre qu'on lui demande
va l'entraîner dans une véritable chasse aux sorcières.

Écrit par Évelyne Reberg et illustré par Maurice Rosy.

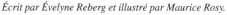

Des livres frissonnants
Le mot interdit (JL 6)
Pas de mot se terminant en « eur ».
C'est la règle du jeu. Un jeu qui peut devenir
dangereux pour Thierry.

Écrit par Nicolas de Hirsching et illustré par Jean Claverie.

Des livres d'aventure
C'est la vie, Julie (JL 1)
Ce matin, tout va mal, et Julie
est loin de se douter qu'elle sera
ce jour-là l'héroïne de folles aventures !

Écrit par Évelyne Reberg et illustré par Boiry.

Et n'oublie pas, dès 9/10 ans, les séries Je bouquine et Chair de poule !

Tous les mois, la lecture plaisir avec le magazine de ton choix

J'Aime Lire
Dès 7 ans.
Gourmand de lecture ?
Dévore chaque mois dans
J'Aime Lire, *un vrai roman*
inédit, croque les jeux de
Bonnemine et savoure
l'irrésistible BD de Tom-Tom
et Nana.

Astrapi
Dès 7 ans.
Lis, ris et grandis avec **Astrapi !**
Pour tout comprendre, ses
« petits savoirs » te disent tout
sur les sciences, la nature,
l'histoire et la santé... Et avec
ses BD, jeux, bricolages,
actualités, Astrapi, c'est
garanti sans ennui !

Images Doc
Dès 8 ans.
Passionné de découvertes ?
Pars avec **Images Doc** *à la*
rencontre des richesses du
monde à travers de superbes
documents-photos sur les
animaux, l'histoire, la
géographie, les sciences...

Si tu veux recevoir un magazine en cadeau ou t'abonner, tél. : 01 44 21 60 00